KB080603

그럴 때가 있다

창비시선 476

그럴 때가 있다

초판 1쇄 발행 / 2022년 5월 15일
초판 6쇄 발행 / 2024년 6월 26일

지은이 / 이정록
펴낸이 / 염종선
책임편집 / 전성이 박문수
조판 / 박아경
펴낸곳 / (주)창비
등록 / 1986년 8월 5일 제85호
주소 / 10881 경기도 파주시 회동길 184
전화 / 031-955-3333
팩시밀리 / 영업 031-955-3399 편집 031-955-3400
홈페이지 / www.changbi.com
전자우편 / lit@changbi.com

ISBN 978-89-364-2476-3 03810

* 이 책은 2022년 천안문화재단 문화예술창작지원금을
  일부 지원받아 발간되었습니다.

그럴 때가 있다

이정록 시집

창비

차
례

제1부

010 눈물의 힘

011 눈

012 등

014 그럴 때가 있다

016 눈사람

017 돌

018 진달래꽃

019 배웅의 양식

020 뒤편의 힘

022 뿔

024 늘 내 몫인 어둠에게

026 감정의 평균

028 꽃길만 걸어요

030 첫날

031 산벚꽃

제2부

034   구명조끼

035   과음

036   딱풀

038   꼬마 선생님

040   뱁새 시인

041   마른 김

042   맹물

043   메밀국죽

044   빌뱅이 언덕

046   너무 고마워요

048   손톱 뿌리까지

049   게걸음

050   장어

052   고욤

054   무지개

제3부

056 봄비

057 황발이

058 딱

059 젖의 쓸모

060 팔순

062 달밤

063 첨작

064 일곱 마디

066 숯불갈비

067 몽돌해수욕장에서

068 그렇고 그려

069 작별

070 사랑합니다

072 선물

074 벽

제4부

076   성악설

077   실치회

078   북채

079   시소

080   어른의 꿈

082   나는 별이다

084   늙은 교사의 노래

086   구멍

088   삽

090   종달새

092   우금티의 노래

093   제주도

094   수선화

096   따뜻해질 때까지

097   괭이갈매기

098   해설 | 고명철

112   시인의 말

제 1 부

눈물의 힘

눈물이 나면
왼손으로 슬픔을 덮었습니다
왼손으로 설움을 훔쳤습니다

웃음이 터지면
오른손으로 입을 막았습니다
오른손으로 웃음꽃을 가렸습니다

왼손이 덜 늙었습니다

눈

맷돌구멍 속 삶은 콩들이
쭈뼛쭈뼛 자리를 바꾸는 까닭은

너 먼저 들어가라
등을 떠미는 게 아니다

온 힘으로 몸을 굴려
눈 뜨고도 볼 수 없는 싹눈을
그 짓무른 눈망울을

서로 가려주려는 것이다

눈꺼풀이 없으니까
삶은 눈이 전부니까

등

암만 가려워도
손이 닿지 않는 곳이 있다

첫애 업었을 때
아기 입술이 닿았던 곳이다
새근새근 새털 같은 콧김으로
내 젖은 흙을 말리던 곳이다

아기가 자라
어딘가에서 홧김을 내뿜을 때마다
등짝은 오그라드는 것이다

까치발을 딛고
가슴을 쓸어내린다
손차양하고 멀리 내다본다

오래도록 햇살을 업어보지만
얼음이 잡히는 북쪽 언덕이 있다
언 입술 오물거리는

약손가락만 한 응달이 있다

그럴 때가 있다

매끄러운 길인데
핸들이 덜컹할 때가 있다.
지구 반대편에서 누군가
눈물로 제 발등을 찍을 때다.

탁자에 놓인 소주잔이
저 혼자 떨릴 때가 있다.
총소리 잦아든 어딘가에서
오래도록 노을을 바라보던 젖은 눈망울이
어린 입술을 깨물며 가슴을 칠 때다.

그럴 때가 있다.

한숨 주머니를 터트리려고
가슴을 치다가, 가만 돌주먹을 내려놓는다.
어딘가에서 사나흘 만에 젖을 빨다가
막 잠이 든 아기가 깨어날지도 모르기 때문이다.

촛불이 깜박,

까만 심지를 보여주었다가
다시 살아날 때가 있다.
순간, 아득히 먼 곳에
불씨를 건네주고 온 거다.

눈사람

햇살을 등지고 있을래요.

가슴이 문드러지는 건 참을 수 있지만, 저도 얼굴이라는
게 있잖아요.

돌

내 서랍은
당신의 호기심보다 깊지 않아요
손끝에 닿지 않는 설렘까지
꺼내 가지 말아요

내 밥그릇은
당신의 허기처럼 물방울이 맺혀 있어요
발끝에 떨어지는 눈물처럼
식게 하지 말아요

내 우물 속 하늘은
당신이 높아질수록 깊어져요
마냥 밤하늘이 고이게 하지 말아요
당신의 한숨만 퍼 올리지는 않겠어요

나의 봄은
당신의 입김이 닿을 만큼에서 피어나요
발끝에 차이는 돌멩이처럼
가까이 있을게요

진달래꽃

그럭저럭 사는 거지.
저 절벽 돌부처가
망치 소리를 다 쟁여두었다면
어찌 요리 곱게 웃을 수 있겠어.
그냥저냥 살다보면 저렇게
머리에 진달래꽃도 피겠지.

배웅의 양식

낚싯바늘을 따라
물방울이 날아오른다.
눈물처럼 솟구친다.

슬픔은 장작불 불티처럼 뒤따라간다.

떠날 때 손을 흔드는 건
흐릿해지는 기억을 잘 닦겠다는 거다.
언제까지나 사랑을 흔들어 깨우겠다는 거다.

네 눈동자가 머물던
허공에 손바닥을 댄다.

오래 손을 흔드는 건
돌아와야 할 여기 이곳에
동그란 손전등을 걸어두는 거다.
허공에 꽃씨를 묻어두는 거다.

뒤편의 힘

쓸모도 없는 발가락,
며느리발톱 하나가
닭발 뒤편에 달려 있다

수렁이나 철망에 빠져보면 안다
허공만을 딛고 있던 작고 못난 발가락이
마지막 버팀목이 된다

지켜준다는 건 조용하게
뒤편에 있어준다는 것이다

똥 싸는 일을
뒤를 본다고 쓰는
얼간이도 있다마는

뒤를 본다는 것은
알을 낳는다는 말이다
희망을 돌아본다는 약속이다

해가 뜰 때까지
매일 까치발을 딛고 있다가,
닭은 발가락 하나를 들어 올렸다

소중한 건 뒤편에 있다
뒤편이 되어주는 것이다

뿔

뿔은 당차다
언제나 최첨단이다
화살촉과 창끝의 아버지다
뿔은 한치 흔들림이 없이 우뚝하다
침묵의 더께로 건축했기 때문이다
삼각뿔 밑면이 몸통 전부이기 때문이다
꼬리뼈 끄트머리의 작은 떨림과
발굽을 받드는 땅덩이의 북소리 장단과
태초부터 이어져 내려온 심장 소리가
뿔 끝으로 몰려들기 때문이다 무엇보다도
오래도록 허공과 싸워왔기 때문이다
오늘은 뿔잔에 독주를 채우며
뿔을 채우고 있던 살점을 생각한다
여린 실핏줄의 두려움과
무 뽑아낸 자리처럼 안쓰러운
어둠을 손가락으로 젓는다
죽순 같은 뿔잔 하나 잡았을 뿐인데
싸움터에서 이기고 돌아온 것 같다
창공에 짐승 한마리 던져 올린 듯 벅차다

놈이 뿔을 놓치고 철퍼덕 고꾸라질 때까지는
바닥에 누운 살덩이가 나라는 걸 알고
봉지처럼 돌아누울 때까지는

늘 내 몫인 어둠에게

죽은 하루살이에게 말했네
너는 하루 먼저 사랑이 왔구나
하루 먼저 사랑이 떠났구나

막 도착한 내 사랑에게 말했네
그동안 만나지 못한 까닭은
하루 먼저 왔기 때문이에요
하루 먼저 떠났기 때문이에요

사흘 동안 들어오시지 않는
아버지를 모시러 주막집에 갔지요
나흘은 마셔야 죽은 동생들이 온단다
네가 하루 먼저 왔구나

목이 마를 때도
하루만 늦춰 우물을 팔게요
발등에 불이 떨어져도 하루만 내버려둘게요
저승 갈 때도 딱 하루만 더
시를 쓰고 유언을 고칠게요

슬픔과 고통에게 말하겠어요
늘 내 몫인 어둠에게 말하겠어요
하루 먼저 왔구나
하루 먼저 왔구나
아이야 해 뜨면 오거라

감정의 평균

부푸는 무지개를
슬그머니 끌어 내리고
뚝 떨어지는 마음의 빙점에는
손난로를 선물할 것

감정의 평균에
중심 추를 매달 것

꽃잎처럼 달아오른 가슴 밑바닥에서
그 어떤 소리도 올라오지 않도록
천천히 숨을 쉴 것

불에 달궈진 쇠가 아니라
햇살에 따스해진 툇마루의 온기로
손끝만 내밀 것

일찍 뜬 별 하나에 눈을 맞추고
은하수가 흘러간 쪽으로
고개 들고 걸어갈 것

먼저 이별을 준비할 것
땡감처럼 바닥을 치지 말고
상처 없이 감꽃처럼 내려앉을 것

감꽃 목걸이처럼
감정의 중심에 실을 꿸 것
시나브로 검게 잊힐 것

꽃길만 걸어요

꽃길만 걸으라는
편지를 받았어요

비단길만 걸어요
꽃 글씨를 받았어요

어찌 나 혼자
꽃잎 살결과 비단 날개에
발자국을 찍을 수 있겠어요

당신이 올 때까지
꽃길과 비단길은 피하며 걷겠다고
길바닥에 박힌 돌부리를 캐내고 있겠다고
편지를 써요

비단을 수놓던 바늘쌈으로
누군가의 발바닥에 박힌
가시를 파내는 사람이 되겠다고
답장을 썼다가 지워요

그러다가 결국
당신 편지를 베껴 써요

당신도 꽃길만 걸어요
당신도 비단길만 걸어요

첫날

타이어에 낀 돌
세개를 빼냈습니다
너무 힘을 주는 바람에
하나는 멀리 날아갔습니다
반쯤 닳아버린 잔돌 두개를
민들레꽃 그늘에 가만 내려놓습니다
어디로 가는지도 모른 채 끌려왔겠지요
매끄럽게 닳은 돌의 배를 맞대주니
기어코 만난 연애 같습니다
바퀴가 생기기 전부터 오늘이 준비됐던 걸 알았다면
부서지고 망가지는 통한의 길을 고마워했을까요
오늘은 타이어에 낀 잔돌을 뽑아냈습니다
하지만 풀밭 어딘가로 날아간 나를
찾지 않기로 합니다 작디작아진 내가
질주밖에 모르던 오래된 나를 퉁겨내고
홀로 맞이하는 첫날이니까요
몸속 깊은 곳에 박혀 있던 상처투성이 돌을 빼내어
풀밭에 내려놓을 때마다 나는
첫사랑을 발명하니까요

산벚꽃

똥 같은 인생이야.
자신을 팽개치지 마라.
잔 받아라.
새똥이 떨어진 자리마다
환하게, 산벚꽃이 피었구나.

곧 어두워지리라.
호들갑 떨지 마라.
잔 들어라.
낮달은 제자리에서 밝아진다.
달무리, 산벚꽃이 피었구나.

제 2 부

구명조끼

검정 고무신 꺾어 자동차 놀이 할 때, 각자 신는 게 달랐다. 명근이는 텃밭 흙을, 용욱이는 마른 모래 한 고봉을, 정두는 나사와 부러진 망치 대가리를, 나는 풀꽃을 꺾어 넣고 언덕길을 달렸다. 정두는 공대를 나와 자동차 회사에 나가고, 명근이는 경운기 탕탕거리며 소를 키운다. 용욱이는 막다른 골목까지 배달 도시락을 나르고, 나는 풀벌레 소리며 눈물 그렁그렁한 시를 꿈꾼다. 이럴 줄 알았다면 할머니 금반지며 삼촌 주판알을 가득 채우고 부릉거릴걸. 하지만 흙탕물 채우고 소방차를 몰던 기활이는 저수지에 들어간 뒤쉰 넘어까지 나오질 않는다. 시란 걸 쓰고 읽을 때마다 나는 행간에 구명조끼가 있는지 두리번거린다. 홍수에 떠내려가는 암소의 마른 등, 그 등짝에 기활이가 앉아 있는지를.

과음

거실까지 따라 들어온
구두 한짝이 바짝 엎드려 있다.

너도 밤새 배가 많이 아팠구나.

딱풀

찍개 심과
딱풀을 챙겨주며
신현수 형이 배시시 웃는다.

선생 삼십년에
이것밖에 못 훔쳤어요?
농을 건넸지만
하마터면 눈물을 훔칠 뻔했다.

형수가 있으면
아침상을 봤을 텐데.
암은 거의 잡았어.
곧 돌아올 거야.

새벽 첫 버스에 올라
선물을 꺼내본다.
심은 잘 박혀 있나?
뒷장이 뜯겨나간
마음속 누런 종이를 넘겨본다.

입에 풀칠하려고
얼마나 여린 풀잎을 꺾으며 살아왔는가.
겨우 입에 풀칠이나 하려고
얼마나 까치발을 디디며 살아갈 것인가.

차창에 낀 성에를 긁는다.
입김을 불어서 언 밥을 녹이자
밥통 같은 그가 웃고 있다.
입술에 딱 풀칠을 한 채 손을 흔든다.

철심과 딱풀로
딱 이어 붙이는 일이
시인과 혁명가의 전부란 듯.

꼬마 선생님

바닷가에 있는
초락초등학교에 다녀왔습니다.
전교생과 병설 유치원 어린이와 조리원과
선생님들까지 열일곱명이 모였습니다.
도서실에서 동시도 읽고 수다도 떨었습니다.
열린 문으로 떠돌이 개가 들어오고
수탉 울음소리도 맞장구쳤습니다.
첫눈이 무장 쌓이는 날이었습니다.
수업을 마치고 화장실에 들렀는데
문 뒤로 아이가 숨는 게 보였습니다.
고둥처럼 눈물이 그렁그렁했습니다.
조개 캐러 나간 할머니가 곧 오실 거라고 했습니다.
아이가 꼭 쥐고 있던 토막 연필을 내게 주었습니다.
무지갯빛 지우개가 가까스로 매달려 있었습니다.
외로움과 막막함과 슬픔이 물어뜯겨 있었습니다.
  — 제가 가진 것 중에 가장 새것이에요.
  — 고맙다. 나에게 주는 거니?
  — 이걸로 재미난 글을 써주세요.
눈보라 속에서 아이의 하나뿐인 가족이

함박눈을 지고 들어오고 있었습니다.

외톨이 늙은 개가 운동장을 질러 달려갔습니다.

선생님, 잘 쓰겠습니다.

나는 갓 등단한 어린 작가가 되어

화장실에 쪼그리고 앉아 고드름처럼 울었습니다.

뱁새 시인

수컷은 보폭이 커야지. 뱁새가 황새를 따라가면 가랑이
찢어진다는 말 있잖여? 그게 나쁜 말이 아녀. 자꾸 찢어지
다보면 겹겹 새살이 돋을 거 아닌감. 그 새살이 고샅 거시기
도 키우고 가슴팍 근육도 부풀리는 거여. 가랑이가 계속 찢
어지다보면 다리는 어찌 되겄어. 당연히 황새 다리처럼 길
쭉해지겄지. 다리 길어지고 근육 차오르면 날개는 자동으로
커지는 법이여. 뱁새가 황새 되는 거지. 구만리장천을 나는
붕새도 본디 뱁샛과여. 자네 고향이 황새울 아닌가? 그러니
께 만해나 손곡 이달 선생 같은 큰 시인을 따르란 말이여. 뱁
새들끼리 몰려댕기면 잘해야 때까치여. 그런데 수컷만 그렇
겄어. 노래하는 것들은 다 본능적으루다 조류 감별사여. 시
란 게 노래 아닌감? 이리 가까이 와봐. 사타구니 새살 좀 만
져보게.

마른 김

언뜻 보면 절망 같고 씹어보면 고독 같지
입천장에 붙은 김을 손가락으로 긁을 때
어둠 속에서 쓴 유서를 찢어 삼키는 듯하지
막장에 다다르면 누군가 입천장부터 틀어막지
말문이 막힐 때는 마른 김에 독주가 제격이지
깨진 가슴속 허방에 울먹울먹 구들장을 놓지

맹물

맹물같이 말간 시를 쓰는 분들이 좋다. 강원도 이상국 시인과 제주의 김수열 시인과 밀양의 고증식 시인이 좋다. 남원의 복효근과 안동의 안상학과 강화도 함민복의 시는 냉수 사발 같다. 그런데 그 맹물이란 놈이 얼마나 힘이 세냐 하면 쳐들어오는 숟가락 젓가락을 확 꺾어버린다. 얼마나 웅숭깊은지 누구는 거기에서 살얼음 잡힌 기도문을 읽고 어떤 이는 별이며 보름달을 건진다. 그러나 가장 멋질 때는 마른 개밥 그릇이나 닭장 모이통에 두어모금 덜어줄 때다. 때 전 창호지 떼어내려고 다물었던 물을 내뿜을 때다. 먼지 이는 흙마당에 나비물로 앉을 때다. 그나저나 포플러 이파리처럼 찬란한 맹물 시인들 중간쯤에 찌그러진 양재기를 머리에 쓰고 이정록이란 시답잖은 놈이 산다. 뭐 얻어먹을 게 있다고 마른입 쩌억 벌리고.

메밀국죽

서너숟가락씩
덜어줄 때마다 국물은
도란도란 깊고 시원해진다
나눠 먹던 내력 때문이다
밥 굶는 일 이웃이 모르도록
빈 솥 끓여 굴뚝 연기 피우던 먼 기억까지
국물 맛이 잇대어졌기 때문이다
밥 먹는 소리 담장을 넘지 않도록
나무 숟가락을 쓰던 서러운 얘기가
콧등을 친다 건네주고 남은 것만이
정선 메밀국죽이 된다 메밀 한톨
한톨이 끌어안고 있던 작은 상처를 마신다
후룩후룩 서러움으로 몸을 녹인다
조금씩 좋은 사람이 된다

빌뱅이 언덕

더는 갈 데 없을 때
막다른 내가 몰래 찾는 곳이 있다
호리병처럼 한숨만 삐져나올 때
몸의 피리 소리가 만가처럼 질척거릴 때
더러운 자루를 끌고 가 주저앉히는 곳이 있다
일직교회나 조탑리 쪽에서 다가온 바람이
오래전부터 쿨럭거리던 목구멍을 지나
멍 자국 가실 날 없던 어깨와 등뼈를 지나
회초리 자국 희미한 종아리 아래 뒤꿈치에 닿으면
편석 사이에서 솟구치는 돌칼 바람이
내 헐벗은 자루 속 곰팡이를 탁탁 털어준다
네가 아픈 것은 눈물이 말랐기 때문이라고
밤새 날아가는 새는 늘 눈망울이 젖어 있다고
빌뱅이 언덕이 편경 소리로 깨우쳐준다
밟힐 때마다 노래가 되어라
함께 울어줄 곳을 숨겨두지 않고
어찌 글쟁이를 할 수 있으리오
혼자 울고 싶은 곳을 남겨두지 않고
어찌 몽당분필을 잡을 수 있으리오

빌뱅이 언덕, 부서지고 미끄러지는
돌멩이 틈에 눈물을 심지 않고

너무 고마워요

남편의 병상 밑에서 잠을 청하며 사랑의 낮은 자리를 깨우쳐주신 하나님, 이제는 저이를 다시는 아프게 하지 마시어요.

우리가 모르는 우리의 죄로 한번의 고통이 더 남아 있다면, 그게 피할 수 없는 우리의 것이라면, 이제는 제가 병상에 누울게요.

하나님, 저 남자는 젊어서부터 분필과 함께 몽당연필과 함께 산, 시골 초등학교 선생이었어요. 시에 대한 꿈 하나만으로 염소와 노을과 풀꽃만 욕심내온 남자예요.

시 외의 것으로는 화를 내지 않은 사람이에요. 책꽂이에 경영이니 주식이니 돈 버는 책은 하나도 없는 남자고요. 제일 아끼는 거라곤 제자가 선물한 만년필과 그간 받은 편지들과 외갓집에 대한 추억뿐이에요.

한 여자 남편으로 토방처럼 배고프게 살아왔고, 두 아이 아빠로서 우는 모습 숨기는 능력밖에 없었던 남자이지요.

공주 금강의 아름다운 물결과 금학동 뒷산의 푸른 그늘만이
재산인 사람이에요.

운전조차 할 줄 몰라 언제나 버스만 타고 다닌 남자예요.
승용차라도 얻어 탄 날이면 꼭 그 사람 큰 덕 봤다고 먼 산
보던 사람이에요.

하나님, 저의 남편 나태주 시인에게 너무 섭섭하게 그러
지 마시어요. 좀만 시간을 더 주시면 아름다운 시로 당신 사
랑을 꼭 갚을 사람이에요.

* 나태주 선생님의 「너무 그러지 마시어요」에 대한 화답시입니다.

손톱 뿌리까지

글 쓰는 사람이
웬일로 손톱을 깎는댜?
어미가 한창 농사일할 때는
땅뙈기에 다 닳아버려서
손톱깎이 한번 쓴 적 없어야.
글 쓰는 사람은 머리가 농토니게
긁적긁적 북북 골몰하다보면
어디 깎을 손톱이 남겠냔 말이여.
쓰는 둥 마는 둥 끼적거리려면
초장에 냅다 집어치우는 게 나아.
작물이든 작문이든 손톱 뿌리까지
다 닳아빠지는 일이여.

게걸음

삼십년 넘게 손가락으로 막걸리 잔을 저었더니, 수전증이 왔다. 달랑게야, 칠게야, 돌게야. 너희는 얼마나 마셨기에 막걸리 거품이 솟는 뿔잔이 되었느냐. 게걸음이 되었느냐.

장어

어머니는
눈곱만큼이라도 맘에 들면
장허다! 참 장허다! 머릴 쓰다듬었다.
나는 정말 한마리
힘센 장어가 된 듯했다.
털끝만큼이라도 성에 차지 않을 때도
장허다! 참 장허다! 돌아앉았다.
나는 정말 먼바다
길 잃은 어린 장어 같았다.
어른이 된 나는 언제
꿈틀꿈틀 장어가 되는가.
미끈둥한 시 한편 쓰면
나는 장어구이집에 간다.
부끄러워 고개 들 수 없을 때도
장허다! 소주잔에 눈물 빠트리러
꼬리 치는 장어구이집에 간다.
먼바다 끄트머리 우뚝한 섬,
어머니에게 바닷길을 여쭈러 간다.
어머니는 언제나

참 장허시다!

고욤

아버지는 망치와 낫과
대패와 펜치와 자귀와 못을
내 고사리손 가까이에서 치우지 않았다.
나는 하루 내내 무언가를 만들었다.
내 손톱에 고인 망치 소리가
채송화를 피우고 고욤으로 익어갔다.
하루는 낫으로 연살을 깎다가
뼈가 보이도록 손가락을 도려냈다.
아버지가 누런 러닝셔츠를 찢어서
내 눈물 주머니까지 뭉뚱그려 동여맸다.
아들아 왜 손가락이 열개겠어?
지나가던 닭에게 개구리를 던져주듯
평생 쓸 처방전을 곁들여주었다.
하느님이 왜 열개나 췄겠냐고?
다음 날에도 연장통을 치우지 않았다.
살점이 썩어 문드러진 뒤 새살이 돋았다.
내 왼손은 작은 새의 심장을 그러쥔 듯했다.
왜 손가락이 열개겠냐고? 아직도 아버지는
손톱달에 걸터앉아 창작론을 펼친다.

새로운 생각은 고욤나무에
감나무 순을 접붙이는 것이지.
멍든 고욤손톱을 뽑아내고
꽃봉오리를 펼치는 일이지.
주먹밥을 만들 때, 내 왼손은
달걀을 쥔 듯 맞춤이다.

무지개

슬몃 자개농짝을 어루만지는 걸 보니
너도 이제 제법 나이를 먹었는가보다
어미가 저 전복 패한테 배운 게 있다
무엇이든 겉만 보고 가름하지 말거라
누구나 무지개는 가슴 안쪽에 둔단다

제 3 부

봄비

한쪽 귀가 꺾인 늙은 개가 좋다.

쫑긋한 왼쪽 귀로는
먼 하늘의 피리 소리를 듣고,

앞발에 올려놓은 짝귀로는
마른 젖 밑에서 깨어나는 겨울잠,
그 기지개 켜는 소리를 마중한다.

새끼 낸 지 두어달, 빈 배 속에서
강아지 울음소리를 꺼내어 듣는
누운 귀가 좋다.

오늘은 봄비가 오신다니,
나도 한쪽 귀를 한없이 내려뜨려야겠다.

황발이

　수컷 농게는 앞발 하나가 유난히 커서 황발이라고 부른
다. 싸우다가 왼발이 떨어져 잘리면 반대편 작은 발이 자라
서 오른발잡이가 된다. 투쟁과 상처만이 좌우를 바꿀 수 있
다. 젊은 왼발잡이와 늙은 오른발잡이가 오로지 사랑 때문
에 앞발을 건다. 싸움만이 좌우지간 거품까지 나눈다.

딱

숟가락으로 이마를 맞은 적이 있다.

짓밟힌 지렁이가 이마에 산다는 걸 알았다. 분노를 처음
으로 배웠다. 토막 난 지렁이가 내 주먹에서 꿈틀거렸다. 숟
가락으로 꾸짖는 건 하느님만이 할 수 있다. 이승에서는 그
누구도 숟가락으로 때릴 수 없다.

밥이 하느님이기 때문이다. 숟가락과 젓가락은 하느님의
손이다. 신명을 불러 가락을 펼칠 때만, 신나게 두드릴 수 있
다. 토막 났던 지렁이가 용이 되어 승천할 때까지. 숟가락 놓
칠 때까지.

젓가락 장단이 신을 낳았기 때문이다.

젖의 쓸모

늬덜 다 크구 늬덜 아부지두 돌아가셔서 쓸모읎을 줄만 알았넌디 요렇게 몸뻬를 올려 입으먼 내려가지두 않구 덜렁대두 않구 참 기가 맥혀. 젖퉁이가 상체인지 하체인지 헷갈렸넌디 이제야 또렷허게 알았어. 요건 필시 아랫도리여. 남자 거시기는 껄떡껄떡 일평생 상체를 꿈꾸는디 여자는 안 그려. 목마른 씨앗덜은 다 바닥 쪽에 있으니께 마른 젖이라두 물려야지. 뿌레기 꽉 물고 있는, 땅이란 게 원래부터 몸땡이 전체가 하체여. 봐라. 미끈허지. 나두 이젠 롱다리 미쑤 코리아여.

팔순

기사 양반, 잘 지내셨남?
무릎 수술한 사이에
버스가 많이 컸네.
북망산보다 높구먼.

한참 만이유.
올해 연세가 어찌 되셨대유?
여드름이 거뭇거뭇 잘 익은 걸 보니께
서른은 넘었쥬?

운전대 놓고 점집 차려야겠네.
민증은 집에 두고 왔는디
골다공증이라도 보여줄까?

안 봐도 다 알유.
눈감아드릴 테니께
오늘은 그냥 경로석에 앉어유.
성장판 수술했다맨서유.

등 뒤에 바짝
젊은 여자 앉히려는 수작이
꿈 중에서도 웃질이구먼.
오빠 후딱 달려.

인생 뭐 있슈?
다 짝 찾는 일이쥬.
달리다보면 금방 종점이유.

근디 내 나이 서른에
그짝이 지나치게 연상 아녀?
사타구니에 숨긴 민중 좀 까봐.
거시기 골다공증인가 보게.

달밤

밤송이에 불을 지핀다
자꾸만 빈속을 더듬는 불혀

앗 따가워! 마루에 앉아
파스를 떼어내는 어머니

작게 웅크린 밤송이에서
속절없이 반딧불이가 난다

첨작

달밤에 지방을 태우고
엄니와 마루에 걸터앉아 뽕짝을 부른다.
아버지도 없는 집에서 노래 불러도 된다니?
엄니는 스무살 색시로 돌아가 틀니를 고쳐 물고
하늘에서 무릎장단 소리 들려올 때, 찰칵!
엄니의 웃음은 언제나 천의무봉이다.
내일보다는 오늘이 예쁘겠지?
골무처럼 작고 곶감처럼 속이 붉은 입술은
하늘의 반짇고리에서 나온 듯 아름다워서
구름 속 삼촌들도 '동백아가씨'를 따라 부른다.
오랜만에 모인 아버지의 어린 목젖들,
동백꽃 봉오리에 술을 따른다.

일곱 마디

'뚝'과 '딱'은 신의 말씀이고
'뚝딱'은 인간의 소리다

비는 딱 그치고
꽃은 뚝 떨어진다

하지만 딱 멈출 수 없어서
어깨울음과 너털웃음이 생겨났다
뚝 그칠 수 없어서
미안해가 고마워와 손잡고
어떡해가 사랑해를 낳았다

일곱 칠(七)이
칼 도(刀)를 만나
끊을 절(切)이 된다
단칼에 끊을 수 없어서
일곱 마디 장단이 태어났다

누구나 손바닥에

칼자국을 한가득 쥐고 산다
우리는 일곱 마디 장단으로
무언가 끊임없이 만들어야 한다

뚝딱뚝딱 뚝뚝딱
칼자국을 꼭 쥐고
아기가 태어난다

숯불갈비

광천역 앞에는
허기진 퇴근길 쪽으로
환풍구를 내민 참나무 숯불갈비집이 있다.

어떤 각오로도
그 갈비 굽는 냄새를 이길 수 없는데,
주인은 연통에 빗물이 들이칠까봐
고개를 꺾어놨을 뿐이라고 웃는다.

저 알루미늄 연통처럼
인사성이 좋아야지유.
돈도 인심도 인사가 만사 주머니 끈이유.
돼지 갈빗대도 꾸벅 몸을 굽히고 있잖유.

기차도 숯불갈비에
소주 한잔 꺾고 싶어서
산모퉁이부터 허리가 휜다.

몽돌해수욕장에서

모난 돌이
더 많은 음표를 만든다.

울퉁불퉁 못난 돌이
거품 꺼지는 진짜 소리를 낳는다.

얼굴을 숨기고 있는
작고 모난 돌이, 노래는
들이마시는 울음이라고 말한다.

내뿜는 독창이 아니라
망망대해를 삼키는 합창이라고.

숨을 섬겨
숨차 오르는, 벅찬
숨 가쁨이라고.

그렇고 그려

육묘판에 씨앗을 심고 잎이 나오길 기다려봐. 떡잎이 가리키는 방향이 다 다르지. 그런데 이파리 무성해지고 키가 자라면 다 게서 거기여. 꽃도 두엇일 때는 동서남북 고개 수그린 놈 쳐든 놈 제각각이지만 무더기로 피면 그렇고 그려. 꼬투리도 열매도, 우리네 사는 것도 다 그렇고 그려. 좋은 것도 안 좋은 것도 하나둘일 때는 나만 응달 얼음판이고 억울하다만 살다보면 다들 걱정거리가 꾸러미로 바지게 짐짝으로 게서 거기여. 굶어 죽은 놈보다 많이 처먹어서 병 걸리는 놈이 많다잖여. 올챙이배처럼 창자가 복잡해도 똥구멍은 단순한 거여. 때 되면 죄다 땅속으로 겨울잠 자러 가는 거여. 슬픔도 괴로움도 다 무더기로 피는 꽃이여. 어우렁더우렁 꼴값하며 사는 거지. 굴러다니는 깡통도 다 개성적으로 빛나잖여. 그나저나 막걸리 잔은 누가 이렇게 찌그려놨대. 상처가 너나없이 참 억울하게 빛나는구먼.

작별

저는 속이 텅 빈 놈입니다.
하지만 누군가의 갈증과 고민을
나름 잘 해결해드린 것 같습니다.
이제는 하던 일을 마치기로 마음먹었습니다.
하루 더 살면 마음의 고통은 천만배로 부풉니다.
저는 밥 한끼 먹지 않고 물만 먹고 일했습니다.
올라가다 멈추면 꼭 제자리로 돌아가서
조용히 숨을 참아가며 반성했습니다.
참았던 숨을 송두리째 빼앗긴 적도 많았습니다.
저는 더는 빨리고 싶지 않습니다.
떠나는 저를 가엾이 여기시어
저의 마지막 말을 꼭 들어주시길 바랍니다.
저는 바다를 떠돌거나 땅속에 묻힐까봐 두렵습니다.
바다거북 콧구멍에 처박혀
핏물을 내뿜을까봐 몸서리를 칩니다.
저는 애초에 태어나질 말았어야 합니다.
제가 없다고 목말라 죽지는 않습니다.
저는 빨대가 아닌 다른 몸으로 태어나서
꽃송이 쪽으로 물을 날라보고 싶습니다.

사랑합니다

제가 드려야 할 말이 아니라
제가 늘 들어야 할 말인 줄로만 알았습니다.
언젠가 사용설명서까지 올 거라 믿었습니다.

사랑한다는 말은
내 상처에만 필요한 약이라고 여겼습니다.
옹알이부터 시작한 최초의 말인 걸 잊어버리고
고쳐 쓴 유언장의 사라진 글자처럼 생각했습니다.

내가 당신에게 건넨 흉터들,
그 바늘 자국을 이어보고야 알았습니다.
마중물을 들이켠 펌프처럼 숨이 턱, 막혀왔습니다.
기름에 튀긴 아이스크림처럼 당신의 차가움을 지키겠습
니다.
빙하기에 갇힌 당신의 심장을 감싸겠습니다.

사랑한다는 말은 별자리처럼 아름다운 말이었습니다.
봉숭아 꽃물을 들인 새끼손톱 초승달에
신혼방을 차리자는 가슴 뛰는 말이었습니다.

당신을 당신 그대로 사랑합니다.
별자리와 구름의 이름도 바라보는 쪽에서
마음대로 이름 붙인 것이었습니다.

까치밥에겐 늦었다는 원망 따위는 없습니다.
당신의 부리가 아플까봐 햇살에 언 몸을 녹이던
까치밥이 바닥을 칩니다. 사랑합니다.

몸통 가득한 얼음을 녹여서
마중물을 들이켠 펌프처럼
숨이 픽, 터졌습니다.

선물

내가 너에게 반한 순간,
너는 꽃으로 피어났지.
나는 꽃병이 되겠다고 홀로 마음먹었지.
잔뿌리까지 몽땅 품고 싶어서 화분이 되기로 했지.
목이 긴 화병을 실금으로 촘촘히 묶어버렸지.
담장 높은 곳에 화분을 외로이 올려두었지.
꽃송이는 예뻤지만, 화병과 화분에 갇혀버린
네 마음은 문드러졌지.
네가 꽃으로 다가온 날,
나도 꽃이 되어 꽃밭이 됐어야만 했는데.
너와 함께 꽃다발이 됐어야만 했는데.

내가 사랑에 빠진 순간,
너는 샛별로 반짝였지.
나는 밤하늘이 되겠다고 홀로 맹세했지.
떠돌이별까지 다 어둠 속에 가둬버리기로 했지.
은하수로 흘러가버릴까봐 밤안개로 보자기를 짰지.
천둥 번개에 부서질까봐 멀리 올려두었지.
별빛은 아름다웠지만, 자꾸만 별똥별로 사라지는

네가 두렵고 무서웠지.

네가 별로 반짝인 날,

나도 별이 되어 별밭이 됐어야만 했는데.

너와 나란히 별자리가 됐어야만 했는데.

벽

세상은 끊임없이
거기가 아니라고 말한다
그곳이 아니라고 이맛살 찌푸린다
그거 하나도 제대로 못하면서 밥이 넘어가냐고
눈웃음 한번 없었던 등짝마저 거둬들인다
빈손만 허공에 남는다, 기도하다가
실눈 뜨고 내려다보던 손처럼 슬퍼진다
나만을 위해 살아온 게 아닌
낯선 손바닥 마른 손우물을 들여다본다
지붕에 오르다 헛발을 디딘 애호박처럼
안간힘으로 허공을 부여잡은 덩굴손을 본다
헐렁한 속옷을 목덜미까지 끌어 올리며
마른 등을 긁어달라던 사람, 그 좁고
서늘한 배후마저 거둬버린다
속 시원히 풀어버리지 못한 성엣가시는
마지막 문 앞에서 벌떡 벽으로 선다
입에 문 시든 꽃송이 때문에
이게 아니라고, 울먹울먹
입술도 못 떼는 사이에

제 4 부

성악설

연통 속이 검어질수록 세상은 따뜻해진다.

속이 탄다는 말, 젖은 목장갑도 희고 둥글게 마른다.

실치회

봄만 되면 소화가 잘 안 되네유. 쇠도 씹어 먹을 나이에 뭔 일이랴. 아우 속사정에 안됐다고 할 수도 없고 나랑 실치회나 먹으러 가세. 요새 실치가 제철이잖여. 속이 더부룩하다니께유. 그러니께 쬐그만 실치를 먹자는 거 아녀. 이참에 사나흘 소화시키지 말고 참아봐. 그럼 배 속에서 고등어만 하게 클 거 아닌감. 뭔 개 풀 뜯어 먹는 말씀이래유. 어허, 이런 기막힌 가두리양식이 어디 있겄어. 아우니깐 귀띔해주는 거여. 싱싱하게 꼬리 칠 때 후루룩 뱃구레에 가둬버리라고.

북채

아파트는 거대한 북이다.
층간마다 뒷북을 놓는 고수가 산다.
나는 소음으로 묵상하고 참선한다.

층간 공명통마다 귀명창 시인이 산다.
옛날에는 시인을 소객(騷客)이라고 불렀다.
뒤꿈치를 두 손으로 받드는 게 절〔寺〕이다.
왜 이리 시끄러워! 평화를 깨는 모든 소리에
짧고 굵게 고함치는 게 시(詩)이다.

나는 이십년째 일층에 사는 반편 시인이다.
지하 북편은 비어 있고 위층 채편은
외국에서 온 악사 여섯이 삼교대로 연주한다.
특히 말발굽 소리 우람한 몽골 북소리와
모래바람 속 낙타 발굽의 난타가 절정이다.

시 속에는,
뒤꿈치처럼 해진 장단이 있어야 한다.
소금사막에서 건진 북채가.

시소

아무도 없는데
한쪽으로 기울어져 있다

보이지 않는 누군가 앉아 있는 것일까
마지막까지 앉았다 떠난 침묵을 기억한다
놀이터엔 노는 아이만 오는 게 아니라는 듯
이승의 목숨만 왔다 가는 곳이 아니라는 듯

무참하게 잠기고
추락한 것들의 기울기로

어른의 꿈

내가 열살이 되었을 때
시소와 그네는 마지막인 줄 알았죠
어린이 놀이터는 끝인 줄 알았죠

어른이 된 뒤, 깊은 밤
쓸쓸히 그네에 앉아 있곤 하죠
홀로 삼켜야 할 걱정이 많거든요

나이가 들수록 새벽에
홀로 시소에 앉아 있곤 하죠
저 아래 낭떠러지로 미끄러진 나를
어떻게든 끌어 올려야 하거든요

내가 열살이 되었을 때
색종이와 인형은 마지막인 줄 알았죠
문방구 앞 오락기는 끝인 줄 알았죠

어른이 된 뒤, 깊은 밤
쓸쓸히 인형을 안아볼 때 많죠

함께 등을 토닥였으면, 토닥였으면

나이가 들수록 새벽에
담뱃갑 뜯어 학을 접곤 하죠
하늘 높이 날아가버린 꿈을
어떻게든 다시 데려와야 하거든요

슬픔도 걱정도 무지개 너머로
아픔도 한숨도 별빛보다 멀리

나는 언제나 여럿이 홀로 무지개처럼
나는 언제나 여럿이 함께 별빛처럼

나는 별이다

꾀꼬리란 이름을 얻으려고
꾀꼬리가 꾀꼴꾀꼴 우는 게 아니다
질경이란 이름을 얻으려고
질경이가 질경질경 짓밟히는 게 아니다
독립운동가란 이름을 남기려고
하나뿐인 목숨을 바친 게 아니다
독립이 아니면 삶이 아니기 때문이다
우뚝 선 나무만이 함께 숲을 이룬다
애초에 나무는 독립운동가다
태초부터 풀은 독립운동가다
외따로이 마른 땅 적셔온 물줄기만이
더불어 아우내로 굽이친다
땅속 탯줄부터 구름의 씨앗까지
물방울 한톨도 독립운동가다
외로이 함께 바다로 가는
자유 독립 평화의 물방울 진주다
사자자리 백조자리 거문고자리
거창한 이름을 얻으려고
별이 빛나는 게 아니다

별 하나하나도 독립운동가다

나는 맨 나중의 물방울이고 질경이다

나는 작은 빛의 싹이다

나는 유관순이다

늙은 교사의 노래

드높은 깃발이 아닙니다
앞서가는 머리가 아닙니다
우리는 상처를 동여맨 앞치마입니다
더는 꼴찌를 만들지 않겠다는
마지막 장딴지입니다

우리는 몰이꾼이 아닙니다
늘 맨 뒤에서 차이는 놈입니다
촛불 잔치, 그 타작마당을 농토로 일구고
뒤늦게 다시 어깨동무하는 뒤풀이 자리,
어질러진 술판을 치다꺼리하는 늙은 소리꾼입니다
뱃구레가 늘어난 목이 쉰 북입니다
우리는 부릅뜬 깃발이 아닙니다
으라차차, 깃발도 들기 어려운
아픈 날개뼈입니다

우리는 뜬구름이 아닙니다
가문 논 물꼬 속 젖은 구름입니다
숨 가쁜 송사리떼의 노래입니다

송사리 작은 등 비늘에 빛나는
새벽잠 달아난 아침 햇살입니다

구멍

이거 말이여. 물려줘. 파스에 구멍이 났더라고. 한 장밖에
안 썼어. 얼른 뗐어.

근데, 왜 닷새나 있다가 오셨어요?

구멍 난 파스 때문에 차비 아깝게 시내 나오남? 장 볼 때
와야지. 고추밭 농약도 황 노인한테 시키려고 했더만, 머저
리 같은 영감탱이가 이해를 못 해서 말이여. 빨랑 구멍 안 뚫
린 거로 바꿔줘.

살갗도 숨 쉬라고 뚫어놓은 거예요. 나이 자실수록 구멍
이 중요하잖아요.

남세스러워라. 몰랐네.

그런 뜻이 아니고요.

아무렴, 구멍이 중허지. 아직은 콧구멍으로 숨 쉴 만혀. 죽
을 때쯤 붙여야겠네. 이건 그냥 놔두고 구멍 없는 걸로 하나

따로 줘.

삽

군인은
삽을 소총처럼 어깨에 메고
군가를 부른다

농부는
삽을 뒤춤에 챙기고
물의 수평을 잡고
고랑과 이랑의 춤사위를 가늠한다

군인도 늙고
농부도 늙는다
삽을 질질 끌고
친구를 묻으러 간다

무전기도 내려놓은 채
보청기도 빼놓은 채
벙어리뻐꾸기처럼 남의 둥지에 든다

늙을수록 삽은

깊은 곳에서 일한다

종달새

엄니,
벌써 와서 죄송해요.

수업 중에 집에 오던 버릇,
아직도 못 고쳤구나.
하여튼 애썼다.

도망친 건 아니에요.
저도 이렇게 일찍 올 줄 몰랐어요.
근데 저만 몇겹이나
잔디 이불을 덮었네요.

뼈마디만 남아서
어미는 평토장도 무겁단다.
고단할 텐데 며칠 푹 자거라.
억하심정이야 말해 무엇하겠냐만
천천히 평생토록 얘길 나누자꾸나.

엄니도 좋은 꿈 꾸세요.

그런데 아버지는 왜
아무 말씀 안 하신데요?

녹아버린 애간장과
울화통이 또 터진 게지.
곧 뼈마디 추려서 일어나실 거다.
아버지가 칠성판을 발로 차도
죽은 척 누워 있거라.

꽃 필 때 보자.
아버지도 봄에는
종달새처럼 말이 많아진단다.

우금티의 노래

깎은 밤을 삶았다
끓는 물 속에도 봄은 오는가
밤톨마다 싹이 솟아올랐다
파랑새의 부리를 닮았구나
언제 어디서나 어쨌거나
흙을 만난 쇠스랑처럼
봄은 기필코 노래부터 꺼낸다

제주도

처음부터 좋았던 땅은
돌담이 낮은 밭이다.
돌담이 낮은 무덤이다.

하지만 당신은
돌담이 겹겹 높아진다.
맨 나중에 좋은 땅이 된다.

제주 돌담은 허파다.
돌 틈으로 잘게 바람을 깬다.
마른 억새 잎으로 한번 더 저민다.

당신 가슴을 파헤치면
얼마큼 검은 돌이 튀어나올까.
얼마나 뜨거웠던 돌일까.

수선화

제주도는 어디나 명당입니다. 배산임수입니다. 파도는 소복을 벗은 적이 없습니다. 묘혈 곳곳마다 수선화가 촛불을 켭니다. "완?" 별자리도 명당입니다. 늦은 자가 무릎 꿇기 좋은 땅입니다.

입이 많습니다. 제주도는 작은 돌도 숨구멍부터 만듭니다. 숨비 소리도 바다의 입입니다. 입이 많아서 한숨이 많습니다. 입에 향을 피우니 한숨이 향숨이 됩니다. 입이 여럿이라서 돌림노래가 깁니다. 돌담이 귓바퀴가 됩니다. 귓바퀴마다 수만의 귓구멍이 깜깜하게 뚫려 있습니다.

수선화는 수직 동굴입니다. 동굴 안에는 숨죽인 채 밥 짓는 사람들이 있습니다. 무명천으로 덮어놓은 검은 돌이 있습니다. 마른 뼈가 모사기(茅沙器) 속 지푸라기처럼 쌓여 있습니다.

수선화가 시듭니다. 마른 수선화는 무덤에서 나온 아기의 배냇저고리를 닮았습니다. 생애 첫 옷이 수의입니다. 제 첫 울음으로 자신을 배웅합니다. 꽃상여입니다. 송이마다 닫히지 않는 관이 있습니다. 관을 쪼개면 도배가 채 마르지 않은 방에 검은 베개가 있습니다. 베개 속에 아기가 잠들어 있습니다. 동굴 속 찌그러진 밥그릇과 솥단지가 씨앗 쪽으로 몸을 기울이고 있습니다.

　말마늘은 수선화, 꿩마늘은 달래입니다. 마늘만 먹고 다시 곰이 되고 싶습니다. 곰 이빨은 말마늘과 꿩마늘을 닮았습니다. 옛집 안마당으로 돌아가고 싶습니다. 처마 밑이나 부엌 바닥에 뒹구는 지슬이 되렵니다. 말마늘로 살렵니다.

　"완?" 목숨 하나만으로도 금의환향입니다. 사라오름입니다. 늙은 어머니의 찬물 한바가지가 금잔옥대입니다. 수선화 부화관은 총알이 아닙니다. 포탄이 떨어진 구덩이가 아닙니다. 진군나팔이 아닙니다. 총알마저 감싸 안는 설문대 할망의 앞치마입니다. 곧 깨어나리라. 수선화는 끝내 어머니의 마른 젖꼭지입니다. 불덩이를 식히는 둥근 손입니다.

　태초의 달입니다. 무명 옷고름으로 감싼 달무리 꽃입니다. 자장자장 어둠을 잠재우는 달꽃입니다.

따뜻해질 때까지

끓는 물이 따뜻해질 때까지
네 입술은 아홉번이나 휘파람 소리를 냈다
그때마다 가슴 깊은 곳에 쌓여 있던
한숨과 앙금이 떠났던 곳으로 돌아갔다

언 손이 따뜻해질 때까지
네 입술은 스무번이나 입김을 내뿜었다
그때마다 가슴 밑바닥에 박혀 있던
숫돌과 고드름과 대못은 아지랑이로 꿈틀거렸다

네가 누군가의 상처에
입술을 오므리고 숨을 불어 넣을 때
가슴속 피멍과 녹물은 탕약이 되고
얼어붙은 뿌리마다 봄비가 내렸다

차가움이 따뜻해질 때까지, 사라진 차가움과
들끓음이 따뜻해질 때까지, 잦아든 뜨거움이
복수초꽃 얼음 숟가락에 햇살을 얹었다
검은 돌 숨비 소리가 봄을 깨웠다

괭이갈매기

고양이 울음 같다
젖 한번 물리지 못하고 떠나보낸
갓난아기 울음 같다
먼 개펄까지 나가 조개를 캐는 할머니들
온전히 새끼를 거둔 이가 없다
어찌 알고 괭이갈매기는
구럭을 따라가며 아기 울음소릴 흉내 낼까
그때마다 조새 끝 부드러운 조갯살이
젖을 뿜으며 할머니 등을 넘는다
홀로 일 나와 까뭇까뭇 졸 때
괭이갈매기는 할머니의 등을 쪼아댄다
엄마 죽으면 안 돼 젖을 더 줘야지
어느새 펄 주름에 밀물이 들이치면
발톱을 꺼내어 머리채를 할퀸다
어미를 살리려고 하늘에서 내려온 천사들
마을 쪽으로 길잡이를 한다
날개 속에 감춰둔 갓난아기 얼굴로
아옹아옹 까꿍 놀이도 잘한다
말뚝도 섬마섬마 걸어나온다

'들이마시는 울음-재미', 열림과 공명의 시학

고명철

1

30여년의 시력(詩歷)을 지닌 시인의 시집을 읽는다. 시집에 수록된 60편의 시 중 어느 것 하나 차고 모자람 없는 '좋은 시'로 이루어져 있다. 무엇보다 이정록 시의 매혹 중에서 눈에 띄는 것은 시인을 에워싸고 있는 세계에 대한 겸허한 모습이다. 이 겸허함은 이번 시집을 관통하는 시적 윤리이자, 이순(耳順)을 목전에 둔 시인이 뭇 존재의 비의성(秘儀性)을 자연스레 육화하는 시적 정동(情動)의 바탕으로서 손색이 없다. 가령, 다음의 시를 음미해보자.

드높은 깃발이 아닙니다
앞서가는 머리가 아닙니다

우리는 상처를 동여맨 앞치마입니다
더는 꼴찌를 만들지 않겠다는
마지막 장딴지입니다

우리는 몰이꾼이 아닙니다
늘 맨 뒤에서 차이는 놈입니다
촛불 잔치, 그 타작마당을 농토로 일구고
뒤늦게 다시 어깨동무하는 뒤풀이 자리,
어질러진 술판을 치다꺼리하는 늙은 소리꾼입니다
뱃구레가 늘어난 목이 쉰 북입니다
우리는 부릅뜬 깃발이 아닙니다
으라차차, 깃발도 들기 어려운
아픈 날개뼈입니다

우리는 뜬구름이 아닙니다
가문 논 물꼬 속 젖은 구름입니다
숨 가쁜 송사리떼의 노래입니다
송사리 작은 등 비늘에 빛나는
새벽잠 달아난 아침 햇살입니다
　　　　　　　　　　　　　　─「늙은 교사의 노래」 전문

　이 한편의 시는 이정록 시인의 시세계를 이해하는 안내서
역할을 맡는다. 그가 이 시에서 부정하는 것과 긍정하는 것

이 무엇인지, 그리고 그 이유는 무엇인지 곰곰 음미하는 일
이 안내서를 온전히 독해하는 것임을 강조해두고 싶다. 그
에게 시는 "드높은 깃발" "앞서가는 머리" "몰이꾼" "부릅뜬
깃발" "뜬구름" 등으로 표상되듯, 세상의 관심을 유별나게
집중시킬 정도로 돋을새김되는 그런 존재(가치)가 아니다.
그보다 "상처를 동여맨 앞치마" "마지막 장딴지" "늘 맨 뒤
에서 차이는 놈" "늙은 소리꾼" "목이 쉰 북" "아픈 날개뼈"
"젖은 구름" "송사리떼의 노래" "아침 햇살" 등의 시적 맥락
이 동반하듯, 시인은 작고 연약하여 뒤처지고 스쳐 지나갈
것들을 위해 작은 힘이나마 보태주고 싶을 만큼 정겹고 친
밀한 그러면서 그것들이 지닌 생의 비의성을 놓치지 않는
다. 그래서 이번 시집을 음미하는 것은 이정록 시인의 시작
(詩作)뿐만 아니라 그의 시력(詩歷) 속에 생성된 시학(詩學)
을 오롯이 만나는 경이로움의 길에 동참하는 셈이다.

2

이정록 시인의 시학과 관련하여, 눈에 밟히는 시들이 있다.

　수업을 마치고 화장실에 들렀는데
　문 뒤로 아이가 숨는 게 보였습니다.
　고둥처럼 눈물이 그렁그렁했습니다.

조개 캐러 나간 할머니가 곧 오실 거라고 했습니다.
아이가 꼭 쥐고 있던 토막 연필을 내게 주었습니다.
무지갯빛 지우개가 가까스로 매달려 있었습니다.
외로움과 막막함과 슬픔이 물어뜯겨 있었습니다.
　　─ 제가 가진 것 중에 가장 새것이에요.
　　─ 고맙다. 나에게 주는 거니?
　　─ 이걸로 재미난 글을 써주세요.
눈보라 속에서 아이의 하나뿐인 가족이
함박눈을 지고 들어오고 있었습니다.
외톨이 늙은 개가 운동장을 질러 달려갔습니다.
선생님, 잘 쓰겠습니다.
나는 갓 등단한 어린 작가가 되어
화장실에 쪼그리고 앉아 고드름처럼 울었습니다.
　　　　　　　　　　　　　　─「꼬마 선생님」부분

얼굴을 숨기고 있는
작고 모난 돌이, 노래는
들이마시는 울음이라고 말한다.

내뿜는 독창이 아니라
망망대해를 삼키는 합창이라고.

숨을 섬겨

숨차 오르는, 벅찬

숨 가쁨이라고.

─「몽돌해수욕장에서」 부분

　「꼬마 선생님」에서 시인이 만난 '아이'와 「몽돌해수욕장
에서」에 나오는 "얼굴을 숨기고 있는/작고 모난 돌"은 분
명 서로 다른 시적 대상이다. 하지만 이들이 서로 공유하면
서 나눠 갖는 게 있다. 그것은 '울음'이며, '울음'의 심상을
지닌 '노래-시'이다. 어느 바닷가 초등학교에서 동시 수업
을 마친 후 화장실에서 만난 '아이'는 "고등처럼 눈물이 그
렁그렁"한 채 "이걸로 재미난 글을 써주세요." 하면서, 자신
이 "가진 것 중에 가장 새것"이며 "외로움과 막막함과 슬픔
이 묻어뜯겨 있"는 "토막 연필"을 선물한다. 이 선물을 받은
'나'는 "화장실에 쪼그리고 앉아 고드름처럼 울었"다고 고
백한다(「꼬마 선생님」). 그러니까 '아이'와 '나'는 모두 운다.
그런데 그들의 울음은 슬픔이 흘러넘쳐 주체의 바깥 세계
로 터져나오는 절규와 거리를 둔, 주체의 안쪽으로 슬픔이
휘감아돌면서 존재의 심연을 한층 먹먹하게 하는 울음이다.
해변의 숱한 몽돌들이 파도와 부딪치면서 만들어내는 흡사
"들이마시는 울음", 그리하여 "숨을 섬겨/숨차 오르는, 벅
찬/숨 가쁨"의 속성을 띤 울음이다(「몽돌해수욕장에서」). 이
울음의 정념은 이정록의 시학을 이해하는 핵심 정서로, '아
이'의 선물에 배어든 '재미난 글'을 어떻게 잘 쓸 것인지 하

는 시인의 시작(詩作)과 연결된다.

물론, 이 과제는 만만한 일이 아니다. 그렇다면 주체의 심연을 휩싸고 도는 울음의 정동과 '재미'가 잘 버무려진 '좋은 시'는 어떤 것일까.

> 달밤에 지방을 태우고
> 엄니와 마루에 걸터앉아 뽕짝을 부른다.
> 아버지도 없는 집에서 노래 불러도 된다니?
> 엄니는 스무살 색시로 돌아가 틀니를 고쳐 물고
> 하늘에서 무릎장단 소리 들려올 때, 찰칵!
> 엄니의 웃음은 언제나 천의무봉이다.
> 내일보다는 오늘이 예쁘겠지?
> 골무처럼 작고 곶감처럼 속이 붉은 입술은
> 하늘의 반짇고리에서 나온 듯 아름다워서
> 구름 속 삼촌들도 '동백아가씨'를 따라 부른다.
> 오랜만에 모인 아버지의 어린 목젖들,
> 동백꽃 봉오리에 술을 따른다.
>
> ──「첨작」 전문

시를 에워싸고 있는 정황은 아버지 제삿날이다. 전통적 통념상 제삿날 집안 분위기는 고인의 죽음을 애도하는 데 초점이 맞춰져 있으므로 다른 때보다 차분하고 고즈넉하기 마련이다. 그런데 이 시에서 보여지는 분위기는 사뭇 다르다. "엄니와 마루에 걸터앉아 뽕짝을 부"르는 분위기는 차츰 무르익어가더니, "엄니의 웃음"과 그 노래가 얼마나 달밤의 뭇 존재들을 감흥에 절로 취하도록 했는지 엄니의 "'동백아가씨'를 따라 부"르는 듯한 축제의 환상적 사위로 분위기가 이내 바뀐다. 그리고 달밤에 피어 있는 "동백꽃 봉오리에 술을 따"르는 첨작 행위에서 축제는 절정에 이른다. 이렇듯이 이 시의 전반에는 죽은 아버지를 애도하는 슬픔이 자리하고 있되, 그 애도의 형식은 민중이 즐겨 부르는 뽕짝의 노랫말과 가락 속에서 처연한 애달픔과 애간장 태우는 곡진함, 그리고 이 모든 것을 생의 낙천성으로 툭 털어내면서 삶의 지속성을 보증하는 민중의 제의로서의 '시-노래'이다.

이러한 '시-노래'는 오랫동안 민중의 일상 속에서 삶의 형식으로 녹아들어 있는데, 민중의 삶의 감각이 배어든 구술적 표현을 능수능란하게 구현하는 시인의 시작(詩作)은 그래서 매우 소중한 시적 성취가 아닐 수 없다. 가령 우리의 복잡다단한 삶을, 육묘판에 심은 씨앗에서 떡잎이 나오고 꽃이 피어 열매를 맺어 농작물을 수확하는 도정에 빗대듯, 삶과 죽음에 대한 통찰의 힘을 보증해내는 구술적 표현이 대표적인 것으로서 "슬픔도 괴로움도 다 무더기로 피는 꽃이여./어우렁더우렁 꼴값하며 사는 거지./굴러다니는 깡통도 다 개성적으로 빛나잖어."를 포괄하는 "그렇고 그려"(「그렇고 그려」)라는 표현이 함의하는 민중의 삶의 내공을 주목해야 한다. 여기서 잠깐, 민중의 삶의 내공을 막무가내로 적

당히 사는 것과 혼동해서는 곤란하다. 이정록의 시에서 눈여겨봐야 할 민중의 삶의 내공은 앞서 살펴본 울음(슬픔)의 시적 정동과 유리되지 않는, 그래서 민중 특유의 생의 낙천성으로써 지옥도(地獄圖)의 삶을 살아내는 힘이다. 이 힘은 그동안 우리가 망실해온 민중의 생의 감각이 얼마나 튼실한지를 다시 발견토록 하는데, 「팔순」은 이것과 관련하여 자꾸만 눈이 가고, 입으로 소리 내고 싶은 시이다.

「팔순」은 무릎 수술을 받은 팔순의 노인이 오랜만에 버스를 타면서 한참 젊은 버스 기사와 농담을 주고받는 내용으로 구성돼 있다. 그들의 농담에는 시종일관 민중의 해학성이 끊이지 않는다. 무릎을 수술했으니 예전보다 심신이 움츠러졌다고 여기는 팔순의 노인은 "버스가 많이 컸네."라고 선공을 날린다. 그러자 젊은 기사는 팔순의 노인을 두고 "서른은 넘었쥬?" "성장판 수술했다맨서유."라고 능청스레 시치미를 딱 뗀 농담으로 화답한다. 그들의 농담 수위는 점점 높아져 노인의 결정타로 매듭지어지는데("근디 내 나이 서른에/그짝이 지나치게 연상 아녀?/사타구니에 숨긴 민중 좀 봐봐./거시기 골다공중인가 보게."), 그들의 물리적 나이를 초월한 농담이 선정적이기는커녕 팔순 노인의 삶의 낙천성과 저력이 민중의 구술적 표현이 지닌 해학미로 한층 싱그럽다. 또한 여기에는 젊은 기사의 삶의 내공("인생 뭐 있슈?/다 짝 찾는 일이쥬./달리다보면 금방 종점이유.")도 만만치 않기 때문에 노인과 주고받는 농담 속에 담긴 시적 진실의 힘은 배가된다. 여기서, 인생의 '짝 찾는 일'을 배우자를 찾는 것으로만 좁게 한정짓지 않는다면, 저마다의 깜냥으로 유무형의 삶의 진정한 짝을 찾는 일만큼 소중하면서도 힘든 일은 없을 터이다. 왜냐하면 이 '짝'은 주체와 자기동일시되는 '또다른 나'가 아니라 주체와 차이의 존재론적 가치를 지니는 상호주관적 관계로서 '나'와 함께 지옥도의 현실을 살아낼 경이로운 타자이기 때문이다. 이 경이로운 타자로서의 '짝'을 인생의 종점에 이르기 전에 찾는 게 말처럼 결코 쉽지 않은, 하지만 인생의 이토록 '재미난' 일을 포기하는 것도 결코 쉽지 않은, 시쳇말로 '웃픈' 삶의 난제이듯, 「팔순」에서의 농담은 바로 이러한 민중의 삶의 내공을 해학적으로 성찰하게 한다.

3

그렇다면, 이 '짝'을 찾기 위해 시인에게 요구되는 것은 어떤 일상의 정감일까. 나는 이 글의 서두에서 세계에 대한 이정록 시인의 겸허함의 미덕을 언급한 바 있다. 이것은 진정한 '짝'을 찾기 위해 세계의 뭇 존재를 향한 열림과 공명의 감각을 벼리는 일에 분투하고 있음을 말한다. 그래서일까. 이순의 경계에 근접한 시인의 감각을 온전히 감각하는 순간, 스며들어오는 시적 진실의 힘은 결코 연약하거나 작지 않다.

　매끄러운 길인데
　핸들이 덜컹할 때가 있다.
　지구 반대편에서 누군가
　눈물로 제 발등을 찍을 때다.

　탁자에 놓인 소주잔이
　저 혼자 떨릴 때가 있다.
　총소리 잦아든 어딘가에서
　오래도록 노을을 바라보던 젖은 눈망울이
　어린 입술을 깨물며 가슴을 칠 때다.

　그럴 때가 있다.

　한숨 주머니를 터트리려고
　가슴을 치다가, 가만 돌주먹을 내려놓는다.
　어딘가에서 사나흘 만에 젖을 빨다가
　막 잠이 든 아기가 깨어날지도 모르기 때문이다.

　촛불이 깜박,
　까만 심지를 보여주었다가
　다시 살아날 때가 있다.

순간, 아득히 먼 곳에

불씨를 건네주고 온 거다.

—「그럴 때가 있다」 전문

　시인의 열림과 공명의 감각은 "지구 반대편"에 있는 "누
군가"의 슬픔의 정동에 개방돼 있다. "총소리 잦아든" 곳에
서 저녁노을을 바라보며 살아 있는 것 자체에 대한 경이로
움에 감사하며 시인은 언제 또다시 죽음에 직면할지 알 수
없는 공포 속에서 "어린 입술을 깨"무는 어린아이의 "젖은
눈망울"의 미세한 떨림에 공명한다. 어디 이뿐인가. "어딘가
에서 사나흘 만에 젖을 빨다가/막 잠이 든 아기"가 혹시 "한
숨 주머니를 터트리려고/가슴을 치"는 자신의 행위로 인해
평화로운 잠에서 깨어나지 않을까 노심초사한다. 이렇듯이
주체의 모든 감각은 열려 있어야 할 뿐만 아니라 민감한 센
서처럼 특히 작고 연약하고 가녀린 타자의 가능한 모든 영
역에 걸쳐 감각해야 한다. 지금-이곳의 "촛불이 깜박"하는
순간이 곧 "아득히 먼 곳에/불씨를 건네주고 온" 것이듯, 타
자에 대한 열림과 공명의 감각은 차원과 경계를 넘어 평화
와 우애의 시적 정동의 지평을 모색한다. '짝'을 찾는 일은
바로 이처럼 시인이 존재하는 시간과 공간의 경계를 무화
하는 열림과 공명의 감각으로써 뭇 존재와 함께 존재의 가
치를 만끽하는 평화의 일상을 살아가는 일이다. 그럴 때, 우
리는 시인이 "아무도 없는" 놀이터에서 "기울어져 있"는 시

소에 대한 노래에서, "마지막까지 앉았다 떠난 침묵을 기억한다/놀이터엔 노는 아이만 오는 게 아니라는 듯/이승의 목숨만 왔다 가는 곳이 아니라는 듯"(「시소」)이 함의하는, 생의 어떤 난경에 내몰린 존재들이 시소를 찾은 연유에 대한 사회적 냉소를 거둘 수 있으리라.

그렇다. 이 사회적 냉소를 상기할 때마다 이번 시집을 통독하면서 평화의 일상 속에서 따뜻한 훈김 어린 사랑이 충만됐으면 하는 마음 간절하다. 이것은 4·3항쟁에서 생목숨을 잃은 제주 민중의 역사적 상처와 슬픔을 치유하고 해원(解寃)하는 「따뜻해질 때까지」와 「수선화」에 고스란히 녹아 있다. 이정록 시인에게 "검은 돌 숨비 소리가 봄을 깨"우는 행위는 "차가움과/들끓음이 따뜻해질 때까지" "복수초 꽃 얼음 숟가락에 햇살을 엎"(「따뜻해질 때까지」)는 자연의 경이로움과 다를 바 없다. 이는 겨우내 얼어붙어 숨죽여 있던 생의 열림과 공명의 감각을 틔우는 것이다. 항쟁의 기간 제주 민중의 역사적 진실을 왜곡하고 그들을 무참한 죽음으로 몰아넣어 모든 생의 감각을 차갑게 앗아가버린 것에 대한 부정과 저항으로써 생의 열림과 공명의 감각을 회복하는 것이다.

"완?" 목숨 하나만으로도 금의환향입니다. 사라오름입니다. 늙은 어머니의 찬물 한바가지가 금잔옥대입니다. 수선화 부화관은 총알이 아닙니다. 포탄이 떨어진 구덩이가 아닙니다. 진군나팔이 아닙니다. 총알마저 감싸 안는 설문대할망의 앞치마입니다. 곧 깨어나리라. 수선화는 끝내 어머니의 마른 젖꼭지입니다. 불덩이를 식히는 둥근 손입니다.

태초의 달입니다. 무명 옷고름으로 감싼 달무리 꽃입니다. 자장자장 어둠을 잠재우는 달꽃입니다.

　　　　　　　　　　　　　　　　　　　—「수선화」 부분

시인은 제주의 사라오름에 올라 수선화를 노래한다. "묘혈 곳곳마다 수선화가 촛불을 켭니다."(같은 시)라는 시구처럼 사라오름에 있는 제주 민중의 묘혈에는 수선화가 피어난다. 시인에게 수선화는 화마(火魔)가 휩쓸고 지나간 제주의 오름에서 죽음투성이의 폐허를 증언하는 민중 수난사만을 표상하지 않는다. 여기서 표준어로 '왔습니까'의 의미에 가까운 "완?"이라는 제주어가 의미심장하게 다가온다. 항쟁 당시 무참하게 희생된 민중들의 존재를 기억투쟁의 과정에서 다시 소생시킴으로써 지금-이곳의 역사적 존재로 현재화(顯在化)하는 "완?"의 주술적 표현은 묘혈 곳곳에 피어난 수선화의 심상과 절묘히 어우러져 4·3항쟁의 또다른 시적 정념으로 주목된다. 이정록 시인은 그러므로 오름에 피어난 수선화를 항쟁에서 목숨을 잃은 자들에 대한 애도의 표상으로서, 그리고 역사의 진실을 추구하는 기억투쟁을 통해 죽은 자들과의 역사적 열림과 공명의 새 감각을 틔우는 해방의 매개로서 형상화함으로써 4·3에 대한 또다른 시적 성취를 이루어냈다.

高明徹 | 문학평론가

| 시인의 말 |

　이런 진흙탕 싸움은 처음이라고, 누구는 절망의 한숨을 쉰다. 처절한 싸움만이 평화를 낳는다고, 누구는 희망의 주먹을 불끈 쥔다.

　원고지는 입이 이백개다. 혀는 빙산의 일각, 얼음에 갇혀 있다.

　질문과 파문! 얼음 속에서라도 질문이 살아 있으니, 아직은 파멸이 아니다. 답은 하나다. 앞뒤가 아니라, 옆이다. 당신 곁이다.

2022년 목련꽃 그늘 아래서
이정록